कविता हमारे सुख-दुख का बही खाता है। मन के भीतर कितना कुछ बनता-बिगड़ता रहता है। हर काल में विचरण करती हैं वीणा अमृत की कविताएँ। पीछे मुड़ कर देखना, भविष्य की कल्पना करना और वर्तमान का यथार्थ अलग तरह से परिभाषित होता है इन कविताओं में। कभी सपाट सड़क पर, कभी ऊबड़- खाबड़ पगडण्डी पर शब्द टहलते हैं। कितना कुछ सहेजना होता है जीवन में! भीतर ताक-झाँक करते हैं शब्द, तभी तो उपजती है कविता। फैलाव के बीच सिकुड़ते चले जाना। शून्य हो जाने की चाह—जहाँ पीड़ाएँ उत्सव गीत गाती हैं... सात खण्डों में फैलता/सिमटता वीणा अमृत का कविता-संग्रह हमें उसके फ़क़ीरी मन से मिलाता है। वे अपनी बात सूक्ष्मता में कहती हैं। सब क्षणिक है, मोह-माया है। सुख और दुख का कोई विशेष महत्त्व नहीं। इन सब से अलग कुछ है। आत्म साक्षात्कार करती है वीणा। यहाँ बाहर से भीतर तक फैला है भाव भूगोल। सम्बन्धों की शाश्वत खोज, व्याकुलता से उपजा वैराग्य भाव है। और बहुत बड़ी सीख भी—

परित्याग—दम्भ का, स्वार्थ का, झूठ का, दर्प का

बहिष्कार—भेद का, भ्रम का, अलगाव का, आत्मश्लाघा का

चुनाव—शान्ति का, सुख का, न्याय का, सदाचार का...

ये कविताएँ अध्यात्म का पाठ ही नहीं, जीने का सलीका भी सिखाती हैं। इन कविताओं की यात्रा सात्त्विक हो...

—चित्रा देसाई

वीणा अमृत की कविताएँ मानवीय अनुभूति को तीव्र करने वाली कविताएँ हैं जो मन से अनुभूत होकर आत्मा तक पहुँचती हैं "मेरी व्यथा/ पीड़ा... मिल गये सब के सब पंचमहाभूत में, मैं और मेरी पीड़ाएँ मुक्त स्वर में उत्सव गीत गाती हैं" इसे पढ़ते हुए अक्सर ही आँखें नम होती हैं। इनकी कविताओं की पंक्तियाँ "निस्सीम आकाश का विस्तार लिये चाहती हूँ शून्य हो जाना''... ''शरीर से अशरीर की यात्रा सरल नहीं", "हिमखण्ड से घिरी/अग्नि सी जलती/ मृत्यु पाश में बँधी जीवन के गीत लिखती/ मैं प्रकृति" में जीवन की यथार्थता और आध्यात्मिकता से भरा भाव बोध है। हमारे देश में जिस तरह की घृणा, कठोरता और अज्ञान की आँधी चली है ऐसे समय में वीणा अमृत की कविताएँ पूरे देश में सौहार्द, प्रेम और सहिष्णुता को प्रगाढ़ करेंगी। इनकी कविताओं में भारतीय जिजीविषा को उद्दीप्त करने की अन्तहीन सम्भावनाएँ हैं।

—आलोक धन्वा

मन्त्रिमण्डल सचिवालय राजभाषा विभाग के अंशानुदान से प्रकाशित
वर्ष 2022-2023/2023-2024

मेरे हिस्से का आसमान

वीणा अमृत

वाणी प्रकाशन
प्रकाशन के उत्कृष्टतम 62 वर्ष

vaniprakashan.com

पेपरबैक प्रथम संस्करण : 2025

वाणी प्रकाशन

4695, 21-ए, दरियागंज, नयी दिल्ली-110 002

फ़ोन : + 91 11 23273167, 23275710

शाखाएँ

अशोक राजपथ, पटना-800 004, बिहार

कॉफ़ी हाउस कैम्पस, महात्मा गांधी मार्ग, प्रयागराज-211 001, उत्तर प्रदेश

महात्मा गांधी अन्तरराष्ट्रीय हिन्दी विश्वविद्यालय, वर्धा-442 001, महाराष्ट्र

sales@vaniprakashan.in

vaniprakashan@gmail.com

Mere Hisse Ka Aasmaan
by Veena Amrit

ISBN : 978-93-7112-606-9

Poetry Collection

मूल्य : ₹ 295

जी.एस. ऑफ़सेट, दिल्ली-110 095 में मुद्रित

वाणी प्रकाशन का लोगो मक़बूल फ़िदा हुसैन की कूची से

प्रिय गुड्डी को–
जिसने सबसे पहले
मेरी कविताओं को मान दिया।

मेरी बात...

हर इन्सान के भीतर बहुत कुछ अनकहा और अनछुआ पड़ा रहता है। यह कविता-संग्रह उसी अनदेखे और अनछुए आसमानी मन की अन्तर्यात्रा है। सात अध्याय में विभक्त यह यात्रा 'आरम्भ' से गुज़रती हुई 'अध्यात्म' तक पहुँचती है। यह प्रेम और पीड़ा की, पाने और खोने की, जुड़ने और टूटने की, सम्बन्धों की जटिलताओं और आत्मबोध की एक ऐसी भावयात्रा है, जो अपने अस्तित्व को तलाशती हुई माँग करती है–'अपने हिस्से के आसमान' की!

इस कविता-संग्रह को आपके समक्ष रखते हुए मैं जितनी प्रसन्न हूँ उतनी ही पीड़ा से भरी हुई भी। जीवन में बहुत कुछ छूटा, बहुत कुछ बिखरा। हर बार समेट कर उठ खड़े होने का मेरा वह बल, मेरी लेखनी को आकार और गति देने वाली मेरी शक्तिपुंज पद्मश्री उषाकिरण ख़ान अब इस दुनिया में नहीं हैं। मेरा दुर्भाग्य कि उनकी अनुपस्थिति में यह पुस्तक प्रकाशित होकर आयी। इस पुस्तक का शीर्षक 'मेरे हिस्से का आसमान' दीदी ने दिया है जो मेरे इस संग्रह को आशीर्वाद स्वरूप प्राप्त है। आँखें नम हैं, दिल भरा हुआ! आपकी सूक्ष्म उपस्थिति को मेरा नमन! जो कुछ भी 'मेरे हिस्से का आसमान' में शेष है, वह सब आपको समर्पित है दीदी!

मैं आदरणीय अरुण कमल जी के प्रति कृतज्ञता व आत्मिक आभार प्रकट करती हूँ, जिन्होंने कविताओं को स्नेह दिया। उनकी प्रतिक्रिया मेरे लिए ऊर्जा से भरी आश्वस्ति है।

मेरी कविताओं पर स्नेहपूर्ण टिप्पणी के लिए वरिष्ठ कवि आलोक धन्वा जी और प्रसिद्ध कवयित्री चित्रा देसाई जी का विशेष आभार!

संवेदनशील कवयित्री सौम्या सुमन! तुम न होतीं तो यह संग्रह न होता। हर उलझन में साथ चलने, हर भाव को समझने और लेखन से लेकर प्रकाशित होने तक की प्रक्रिया में अन्त तक बने रहने के लिए शुक्रिया दोस्त!

मेरी रचनाओं को अपनी त्वरित प्रतिक्रिया, प्रेम और अपनत्व देने के लिए प्रिय दीदी नीलिमा सिंह आपका आत्मिक आभार!

सच है कि प्रेम और विश्वास की नींव पर खड़ा रिश्ता सबसे मज़बूत रिश्ता होता है। कुमार वरुण से मेरा कुछ ऐसा ही रिश्ता है जो मन से जुड़ा है। वह सिर्फ़ मेरा छोटा भाई ही नहीं मेरा सम्बल भी है। मेरे इस कविता-संग्रह के प्रकाशन का पूरा श्रेय तुम्हें है वरुण!

इसी क्रम में मैं सस्नेह आभार देती हूँ छोटे भाई विमलेन्दु सिंह और कुमार मंगलम को जिनके सहयोग और सुझावों से मेरी रचनात्मकता को गति मिलती रही।

जीवन में कुछ दोस्त ज़रूरी होते हैं क्योंकि वे हर परिस्थिति में आपके साथ खड़े रहते हैं। भावना शेखर, निवेदिता, पूनम सिन्हा और प्रिय ज्योति स्पर्श...तुम सभी दोस्तों का तहेदिल से शुक्रिया! तुम्हारे आत्मिक सहयोग, सार्थक सुझाव और सुन्दर साथ के लिए।

परिवार के सबसे छोटे और मेरे अतिप्रिय सदस्य समीर शेखर की सजीव तूलिका ने इस संग्रह के सातों अध्याय को अपने रेखाचित्र के माध्यम से मुखरित किया है। उनके इस आत्मीय सहयोग और प्रेम के लिए सस्नेह आभार और आशीष।

मैं विशेष रूप से आभारी हूँ, वाणी प्रकाशन की निदेशक अदिति माहेश्वरी की, जिन्होंने अपने सुप्रतिष्ठित बैनर तले मेरे पहले कविता-संग्रह को सुन्दर आवरण के साथ प्रकाशित किया।

डॉ. नीरज प्रकाश जी का भी हार्दिक आभार जिन्होंने मनोयोग से इस कविता-संग्रह का मुद्रण कार्य किया।

अब कविताएँ आपके समक्ष हैं। उम्मीद है इन्हें आपका स्नेह मिलेगा।

—वीणा अमृत

भूमिका

'मेरे हिस्से का आसमान' अप्रतिम कवि और विदुषी वीणा अमृत की अनवरत एकान्त साधना का चिर-संचित फल है–कविताओं का ऐसा स्तबक जो अपनी ताज़गी, मार्मिकता और विविधता से प्रभविष्णु पाठक को सहसा रोक लेता है। अनेक खण्डों में विभक्त यह संग्रह कवि की अनेक चिन्ताओं, व्यक्तित्व के आयाम और भाव स्तरों का अद्भुत वर्णक्रम है। ऐसी परिपक्वता, सूक्ष्म दृष्टि एवं सौष्ठव किसी भी कवि के प्रथम संग्रह में विरल है। उदाहरण के लिए इस कविता को ही देखें–

> प्रेम करना मुझसे वैसे ही
> जैसे
> छप्पर को सँभालते दूर दूर के खम्भे

यह एक अनूठा और बिल्कुल ताज़ा बिम्ब है जो कवि की मेधा और कल्पना शक्ति को उद्घाटित करता है। इसी कविता में आगे वह 'मेरे हिस्से का आसमान' की माँग करती हैं जो हठात् महादेवी वर्मा की याद दिला देता है और कवि को आज की विद्रोहिणी स्त्री कवियों की पंक्ति में भी बिठा देता है। वास्तव में यह कविता-संग्रह एक नये कवि, एक स्त्री कवि, के हिस्से के आसमान की खोज का उद्यम है। और देख कर आह्लाद होता है कि यह आसमान सूर्य, चन्द्र, तारों और नक्षत्रों से ऐश्वर्यमान है। कवि ने सूक्ष्मता से जीवन को देखा है और लगभग एक दार्शनिक की भाँति निष्कर्ष निकाला है कि "ज़िन्दगी हमेशा हरी नहीं सूखी भी होती है"। इसी क्रम में एक कविता और है–'हिसाब'–जिसे पूरा पढ़ा जाना चाहिए; बेहद मार्मिक। यह किसी प्रिय की अनुपस्थिति का मर्सिया है।

वीणा जी ने अनेकानेक विषयों, भावों को कविता में स्थान दिया है। यहाँ समकालीन और मिथक एक साथ विराज रहे हैं जैसे कि 'गर्भमणि' कविता में।

‘गर्भमणि’ भाव-शबलता की अप्रमेय रचना है–“मैंने गर्भमणि की तलाश में दिन के उजाले में रात को ढूँढ़ते नाभि पर खिले ब्रह्मकमल सा अनायास तुम्हें पा लिया था।”

वीणा अमृत का यह संग्रह उनके भावी संग्रहों के लिए हमें उत्सुक बनाता है। आशा है सहृदय पाठक ‘मेरे हिस्से का आसमान’ को अपने अन्तस्तल में स्थान देंगे।

—अरुण कमल

अनुक्रम

मुक्ति

चाहती हूँ मुक्त होना
अपने आप से
बारिश की एक नन्ही सी बूँद की मानिंद
मिट्टी में सूख जाना
अपने अस्तित्व का फैलाव नहीं
सिकुड़न चाहती हूँ
निस्सीम आकाश-सा विस्तार लिए
चाहती हूँ शून्य हो जाना
भाव से अ-भाव
विधान से निषेध
सापेक्ष से निरपेक्ष
कुछ से सब की ओर...
शरीर से अशरीर तक की यात्रा सरल नहीं

प्रेम में आसमान होना

प्रेम के
अनगिन पल
सबकुछ भूलकर
यायावर मन कहीं नहीं बँधता
नापता आकाश का विस्तार
उड़ता उन्मुक्त
मुक्ति सम्भव नहीं
प्रेम है तुमसे

मेरा अनुराग
मेरी आस्था
समर्पित तुम पर
वस्तुनिष्ठता देह की
आत्मनिष्ठता प्रेम की
साँसों की लय
आरोह-अवरोह
ध्यान योग
समाहित तुममें

मेरे हिस्से का आसमान

प्रेम करना मुझसे
वैसे ही
जैसे
छप्पर को सँभालते दूर-दूर के खम्भे
पास रहना पर तनिक दूर
बचा देना मेरा 'मैं'
छोड़ देना थोड़ा-सा आसमान मेरे हिस्से का
जहाँ रह सकूँ स्वतन्त्र मैं
कर सकूँ थोड़ा अपने मन का
अपने आसमान में

उत्सव गीत

मैंने अपने सारे दुःख धरती को दे दिये
बादल को आँसू
और दे दी आकाश को अपनी अन्तर्मन की चीख़ें
तूफ़ानी रात में
शहर की सभी बन्द खिड़कियों के बीच
अपनी खिड़की खोल
धरा की कम्पन, बारिश की बूँद
और नभ के गर्जन में
अपनी पीड़ा को
सुनती हूँ
मेरी व्यथा
मेरे आँसू
जो क़ैद थे मेरे सीने में
मिल गये सब के सब
पंचमहाभूत में
अब
मैं और मेरी पीड़ाएँ
मुक्त स्वर में उत्सव गीत गाती हैं।

उसका होना

एक उदास शाम
बिछोह की स्याही समेटे
जब चुप था वह
मूक पत्थर की तरह
अस्त होता हुआ सूरज
गुज़र रहा था
हमारे भीतर से

और वह
दर्द की कराह को छुपाते
ज़बरन मुस्कुराते
मेरी हथेली पर
अपनी तर्जनी के पोर से
लिख रहा था
अपना नाम

मन-अरण्य

मेरी खिड़की
रेत की आँधियों में
खुली रह जाती है अक्सर
चाँद धुँधलाता है
ऋतुएँ जो उसने मुझे दी थीं
अब तक ठहरी हैं
मन-अरण्य में

उसके बारे में सोचते हुए
मन आकाश हो जाता है
बिजली सी कौंधती है
घुप्प अँधेरे में
और वह छू जाता है मुझे
वैसे ही
जैसे छूती है हवा पेड़ को

लड़की

1

लड़की
मत देखना चाँद को
चाँद अब काला है तुम्हारे लिए
बन्द खिड़कियों से ही झाँकना आसमान को
चाँद खिलाना अपने ही अन्दर
बाहर का चाँद अब शीतल नहीं
तप्त है

2

लड़की
पैर न रखना धरती पर
धरती दब गयी है पाप से
मत दौड़ना तितलियों के साथ
तुम्हारे कोमल पर कतरे जायेंगे फिर से
तू रोती रहेगी,
सिसकती रहेगी,
तड़पती रहेगी
और राजनीति की रोटी सिंकती रहेगी

3

लड़की
तू कहीं न बचेगी
न कोख में, न बीज में,

न पौधे में
हैवानियत कहीं न छोड़ेगी तुझे
तू जन्मी भी मरेगी
और अजन्मी भी

4

लड़की
कर प्रार्थना ईश्वर से
तेरा अण्ड बीज ही न बने
तेरे रहने से भय है, हिंसा है
हवस है, व्यभिचार है
रोक ले तू अपने पैर
ब्रह्माण्ड में ही

5

लड़की
फिर कहती हूँ
मत आ धरती पर
सूखने दे धरती को
मरने दे प्रेम को
डूबने दे सूरज को
अन्धकार ढँक लेगा स्वतः धरती को

6

लड़की
मत घबराना
देखना एक दिन
तेरी महत्ता
स्वयं रच लेगी तेरा इतिहास
तू पराजित होकर भी
अपराजिता कहलायेगी

अमृत

काश! एक बार फिर
अँजुरी में भरकर
पी पाती तुम्हें
पूरा का पूरा ओ अमृत!
असीम सुख का पल्ला ओढ़
सो जाती फिर से किसी बोधि वृक्ष के नीचे
मेरे अन्तस से कोई कोंपल फूटता
शाश्वतता का
शान्ति का
प्रेम का
अपनी जड़ें फैलाता
पहुँचता वह देशकाल से परे
और पढ़ा देता पाठ चेतनता का
मेरी जड़ता को छूकर

पीड़ा

खोज रही हूँ उस अमूर्त पीड़ा को
जो उग आयी है शरीर में काँटे की तरह
और चुभती है मन में वक़्त बेवक़्त ही...
समय की पीड़ा से लहूलुहान
कोमल त्वचा के नीचे
हड्डियों की मज़बूत सतह पर
अविश्वास की ठुकती कीलों की असहनीय पीड़ा को झेलती
सत्य के शापित शब्दों को गुनती हुई
रोती और छटपटाती हूँ मैं
जानती हूँ
एक दिन मेरी आत्मा का गर्म लहू
सैलाब बनकर
पहुँचेगा तुम तक भी
तब तुम चाह कर भी
मेरे इस काँटे से बिंधे शरीर को पहचान नहीं पाओगे
और उस क्षण
मेरे शेष होते इस जीवन में
तुम्हारा आगमन
और मेरा गमन
कहीं समानान्तर नहीं होगा

निर्माण

ओ मनुष्य!
देखना
जब मैं डूबूँगी
साथ डूबेंगी नाव, पतवार,
मछलियाँ, शंख,
पत्ते, फेनिल लहरें और मेरे रंगीन सपने भी
डूबेगी मेरे ही साथ
पूरी हरियाली
समाहित हो जायेगी पानी, रेत और मिट्टी में
गुम हो जायेगा चिड़ियों का चहचहाना
तितलियों का उड़ना
फूलों का खिलना भी
ऋतुएँ भी ठहर जायेंगीं
मुझे
डुबाने की साज़िशें और चालाकियाँ तुम्हारी
ले डूबेंगी तुम्हें ही एक दिन
उडबुड करती तुम्हारी साँसों को
तुम्हारी ही विषैली धड़कनें निष्प्राण कर देंगी
मैं प्रकृति!
पुनः गर्भ में सृष्टि बीज लिए
हाथों में ले
नाव, पतवार, मछलियाँ और उजास
फिर उगूँगी पृथ्वी के किसी कोने पर
करूँगी पुनः सृष्टि का निर्माण

तालाब

एक बार फिर चाहती हूँ अपने गाँव जाना
उस तालाब की ख़ातिर
जिस तालाब ने तैरना और
डूबने-उतराने का सलीका सिखाया
और सिखा दिया अनजाने में ही डूबते जीवन को किनारे लगाने का हुनर

बूँद-बूँद को तरसता मेरा वह तालाब
सूख गया है वक़्त की मार से
उसकी उसी सूखी ज़मीन के काग़ज़ पर
अपनी आँखों की नमी से
लिखना चाहती हूँ 'पानी'

चाहती हूँ उस तालाब में
चुपके से रोज़ एक छोटी कटोरी से पानी डालना
ताकि भ्रम बना रहे मेरे तालाब का
कि भर जायेगा पानी एक दिन

सूखे का दंश झेलती धरती को
जीवन की रुकती साँसों को
ज़िन्दा रखती है यही
एक भरी छोटी कटोरी पानी
सपनों की...

विनाश की ओर

सूखी धरती
बिलखती प्रकृति को थाम
प्रखर ताप से जलती है
सीने पर बर्फ़ की सिल्ली झेलती
संकुचित जीव को देखती है
प्रसव पीड़ा को महसूसती फिर से
पुनः उठती हिम्मत से
लँगड़े पैर पर खड़ी हो
सम्पूर्ण विश्व को डराती है

सुनामी का रूप धर नदियों के साथ
धरती को पूरे वेग से कँपाती है
जलाती जंगलों को प्रचण्ड वायु से
फट जाती कभी बादल बनकर
निगलने को आती सुरसा के मुँह-सा

धरती का दो पाया जानवर
ढीठ बच्चे सा
नोचता जाता है सम्पूर्ण धरा को
बर्बाद करता हरी सम्पदा को
उखाड़ता जाता है घर की नींव
पृथ्वी को अधनंगा कर
अपने स्वरूप पर इतराता है

पृथ्वी की पराजय में
बुद्धिहीन मानव
अपनी जय को चिल्लाता है

चेतन बुद्धि को जड़ बुद्धि बना
विनाश को गले लगाता है
हरीतिमा, अस्मिता, सत्यता को तार-तार कर
झूठी कामयाबी के पहिये पर
अनिश्चितता की दौड़ लगाता है
झूठी वाणी से
संवेदना का स्वाँग रचकर,
रंगे सियार-सा रूप धरकर
प्रकृति का झूठा पर्व
बारम्बार मनाता है

ज़मीन

एक लम्बे अन्तराल के बाद
लौटने पर
मेरी ज़मीन वह नहीं थी
जो पहले थी
नये परिवेश, नये कलेवर में
अट्टालिका बन मुस्कुरा रही थी
पेड़ों के नामोनिशां नहीं
नदी, तालाब सूखे
झाड़ियों के वनफूल
मॉडर्न लुक से सजकर
क्यारियों में इठला रहे थे
बड़े पेड़ बोनसाई की शक्ल में पत्थरों से बतिया रहे थे
मिट्टी कंकरीट हो गयी
हवाएँ कंडीशनर
मौसम रिमोट में क़ैद
हतप्रभ मैं
चकाचौंध भी
अनसुनी कर अपने ज़मीर की पुकार
सीमेंटेड ज़मीन के सीने पर पैर रखकर
सीढ़ियों से लिफ्ट पर होते हुए
अट्टालिका की सातवीं मंज़िल पर खड़ी थी मैं...

सावन तुम अद्‌भुत मास

सावन तुम हो अद्‌भुत मास
तुम आते
हरियाली आती
फूल खिलते, पत्ते सजते
धरा करती श्रृंगार
ऊपर नाचते नभ में बादल
नीचे नाचते मोर
शीतल बयार और काले बादलों में लग जाती होड़
कलियों को चूमती
रिमझिमी फुहार
सावन तुम हो अद्‌भुत मास
तुम आते तो
शिव आते
लिए भक्ति और उल्लास
चर अचर का मेला लगता
डमरू बजते, काँवर सजते
झूले पड़ते, मेंहदी रचती
गूँजती चूड़ियों की झनकार
सावन तुम हो अद्‌भुत मास

शिव ने चखा विरह का स्वाद
किया गरल का पान
निराहार पार्वती का

पूर्ण हुआ उपवास
शिव ने पाया पुनः सती को
सावन, तुम हो शिव के ख़ास

विरह की अग्नि तुम
मिलन की आस तुम
राग-विराग, हास-परिहास तुम
प्रकृति-पुरुष का संयोग तुम, वियोग तुम
सुहागिनों, कुँआरियों के पाँच सोमवार तुम
पिया मिलन की राह तुम
रूप का रसपान तुम
तुममें है शिवत्व का वास
सावन तुम हो अद्भुत मास

बाढ़

सुनो मनुष्य!
जो घर बनाया था जंगलों को काटकर
आयेगा एक दिन तुम्हारे पास तबाही बनकर
याद रखना
वृक्ष जड़ों से कटकर कहीं नहीं जाते
बाढ़ की विभीषिका बन लौट आते हैं
तुम्हारे ही पास
ले जायेंगे सबकुछ बहाकर तुम्हारा
और छोड़ जायेंगे
सिर्फ़
बंजर ज़मीन रेतों वाली
तुम्हारे नाम

ओ पुरुष!

स्त्री शरीर दुर्लभ नहीं
तुम्हारे लिए
ओ पुरुष!
पा लेते हो उसे हर बार
छीन लेते हो सर्वस्व
बस तुम्हारे भीतर का
दानव जाग जाये

बल, छल, धन शक्ति है तुम्हारी
पर
स्त्री के प्रेम, समर्पण विश्वास को
कैसे जीत पाओगे?
संकीर्ण है तुम्हारी दुनिया
घूमती है सिर्फ़ स्त्री देह तक

पर बताओ
उसके विराट स्वरूप की थाह
कहाँ से पाओगे
नहीं नाप पाओगे उसका विस्तृत आकाश
मन के कोने तक भी नहीं पहुँच पाओगे

कहाँ सम्भव है तुम्हारे लिए लाना
कृष्ण जैसा विराट प्रेम

राम की प्रेम प्रतिज्ञा
शिव का उत्कट नेह
शरीर पा लिया न!
जाओ विश्राम करो
तुम्हारे शरीर तक की यात्रा ख़त्म हुई
तुम्हारी गति यहीं तक

घरेलू औरतें

अभिनय नहीं करतीं
ये औरतें
पूरी सच्चाई और संजीदगी से जीती हैं घर में
दम्भ नहीं भरतीं काम का
खटती हैं दिनभर पूरी ईमानदारी और उत्साह से
इंजीनियर नहीं होतीं पर बनाती हैं घर
जोड़तीं एक-एक ईंट अपने अरमानों की
ज़रूरत नहीं पड़ती उन्हें किसी भी इंटीरियर डिज़ाइनर की
ख़ुद की चमक-दमक से
सजा लेतीं घर का कोना-कोना

कम्प्यूटर नहीं हैं वे,
पर घर का हर फ़ाइल सेव रहता उनके दिमाग़ में
सामानों का हर ब्योरा
मसाले के डिब्बे, अलमारी में रखे मोजे और रूमाल से लेकर
यत्न से रखे गये गर्म कपड़ों के हिसाब तक
बचाती हैं पैसे, जोड़ती हैं रुपये
समझती हैं तो सिर्फ़ जोड़ गुणा
नहीं जानतीं घाटे का स्वभाव

बजट बनातीं, रोटियाँ पलटतीं तवे से,
बाथरूम की साबुनदानी सीधी करतीं

भागती रहतीं घर के एक कोने से दूसरे कोने तक
आटे दाल की तौल, सब्ज़ी की मोल भाव, महरी की बकझक से लेकर
बच्चे के होमवर्क/प्रोजेक्ट वर्क से जूझतीं
बाज़ार की दौड़ लगातीं
फिर भी
शाम ढले
तुम्हारे ऑफ़िस के आने के पहले
चेहरे से मिटा कर हर थकान
दरवाज़े पर खड़ी मिलतीं
गर्म चाय की प्याली के साथ
लिए होंठों पर मुस्कान

न्याय

बलात्कार के बाद
आँसू, चीख़
तड़प, पीड़ा
दर्ज होंगे काग़ज़ों पर
टीवी चिल्लायेंगे
अख़बार फड़फड़ायेंगे
दुहरायी जायेगी तुम्हारी कहानी बारम्बार
ज़ख़्मों का हिसाब शरीर के हर हिस्से से गुज़रेगा
हर्फ़ दर हर्फ़ बयानबाज़ी होगी
उड़ेंगे चिथड़े इज़्ज़त के

फिर होगा मानसिक बलात्कार
न्याय शब्दों के ज़ख़ीरे तुम पर लादे जायेंगे
मान-सम्मान की बातें घर से निकल कर
चौराहे तक पहुँचने के पहले रुसवाइयों में बदल जायेंगी
महामण्डित होंगी तुम दुर्गा से लेकर द्रौपदी के नाम तक

कविता, कहानी, छन्द, मुक्तक में तुम उतरोगी
दया की पात्र बनकर
न्याय के कठघरे में ख़ुद को खड़ी पाओगी
मशालें उठेंगी
बैनर लगेंगे
तुम्हारे नाम की

मोमबत्ती जलेगी
एक अरसे बाद
तुम्हारा शरीर ज़मींदोज़ हो जायेगा
भूल जायेंगे
तुम्हारे ज़मींदोज़ शरीर को हम सब...
आगे बढ़ जायेंगे
एक और नयी बलात्कार विरोधी तख़्ती के साथ

राख

अब तक वैसी ही सुर्ख़ हैं
राख की ढेर में
बस हाथ नहीं बचे;
नाक की लौंग
चमक रही है आज भी वहाँ
पर नाक भी कहाँ बच पायी!
हाँ! एक दबी हुई चीत्कार
ज़रूर पड़ी है, उस ठण्डी राख में
पर अफ़सोस
राख का कुरेदना फिर भी जारी है

ये राख
बिखर रही है सड़कों पर,
उड़ रही है हवाओं में पोस्टर और होर्डिंग्स के साथ
निकल रही है समवेत आवाज़ों में
बुलन्द हो रही है नारों में
मंचों पर सज रही है
ड्राइंग रूम में पसर रही है
मोबाइलों में भी इसका बोलबाला है

फिर भी
राख बनने का यह सिलसिला रुकता ही नहीं
कभी आग बुझती ही नहीं इसकी

जलती ही जाती है, भभकती ही जाती है
ओह!
ज़ारी है वहशियों की क्रूर क्रीड़ा
मुश्किल है मुक़ाबला, आग की मशीन से
टपकती हुई मोमबती का

यातना

(अफ़गानी स्त्री की व्यथा)

चीख़ती है आत्मा
देह के घेरे में
कराहों में जगती है
क़ानूनी किताबों में क़ैद
सलाख़ों को भेदने की नाकामयाब कोशिश में
सूराख़ों से तकती है उजली सुबह को

देह की परिधि से निकलने की छटपटाहट
बिंधे पंखों से उड़ने की अकुलाहट में
हताश
दिन-रात
काले सायों से लड़ती
शारीरिक/मानसिक घावों की पीड़ा से सिसकती
बिलबिलाती पेड़ु के दर्द से
ज़ख़्मों को सहलाती

न जाने कितनी बार,–'ऑनर किलिंग' की शिकार बनतीं
क्षत-विक्षत होतीं
लहू पोंछतीं ये तथाकथित कलंकित स्त्रियाँ
क़ैद हैं आज भी
उसकी आत्मा
जंग लगे देह में

बेटी ने माँ को समझा है

बड़े घर के बड़े मकान में
तुम्हें सहमते देखा है
भरे रिश्तों के बीच
तुम्हारे ख़ालीपन को
माँ, मैंने देखा है

दादी की चाय
पापा के जूते
दादा जी की दवा तक
भागती चकरघिन्नी सी
सीढ़ियों पर दौड़ लगाते
तुम्हारी थकी चुप्पियों को
माँ, मैंने देखा है

बड़े चाचा की वहशी नज़र
छोटे चाचा की नागवार हरकत
लज्जा के आँचल में ढँकती अपने तन को
तुम्हें सहेजते देखा है
माँ, मैंने देखा है

परदे बदलते खिड़कियों के
बिस्तर की सलवटें समेटते
कमर पर पड़े नील निशान को

तन-मन के रिसते घावों पर
चुप्पी का पहरा देखा है
माँ, मैंने देखा है

जन्मी बेटी की दुत्कार
बेटे जनने का दबाव
दबी सिसकियों के बीच
आँखों के कोरों में ठहरे पानी को
तुम्हें पीते देखा है
हाँ माँ, एक बेटी ने आज तुम्हें
माँ की नज़रों से देखा है

बेटी

फूल हो तुम
खिलती हो आँगन में
जूही बनकर
कभी चमेली बनकर
तुम ख़ुशबू हो
महकाती हो घर को
चन्दन बनकर
कभी गुलाब बनकर
तुम ख़ुशियों की लेप हो
हर लेती हो हर पीड़ा
तुलसी बनकर
कभी युकेलिप्टस बनकर
झरती हो हरसिंगार-सी
और
भिगाती हो सूखे मन को
बारिश की फुहार बनकर

कैसे बँधोगी तुम परिधि में
कौन बाँधेगा तुम्हारी असीमता को?
चिलचिलाती धूप में
घर के चौखट से निकलकर
विश्वविजेता बनने तक के सफ़र में
खिलती हो तुम सूरजमुखी बनकर

तुम विस्तृत आकाश
अपरिमित आकार हो
तुम शक्ति हो
क्योंकि तुम बेटी हो
लोग मारेंगे तुम्हें पत्थर बनकर
डरायेंगे स्याह रात का हवाला देकर
कपड़ों पर भी तंज़ किये जायेंगे
मत डरना
गिड़गिड़ाना भी मत
रोना तो कतई नहीं
बस परिवर्तित करना अपना रूप
कोमल बादल से गरजते बादल में
चाँदनी से प्रखर ताप तक
जलना, पिघलना, तड़पना
बस टूटना नहीं
झुकना नहीं
अटल रहना सदैव
अविजित हिमालय बनकर

मोमबत्ती

जब
क्रन्दन
चीख़
कफ़न हो जाते हैं
पीड़ा
जब
अस्थि मज्जा में समा जाती है
तब
और कुछ नहीं होता
बस हम मोमबत्ती बन जाते हैं

मौन की चीख़

यादों के तहख़ाने में बन्द
मेरे प्रेम के रक्तिम फूल
श्वेत फूलों में मिलकर
रिश्तों की शवयात्रा में शामिल हैं
रिश्तों का जलता धुआँ जब उठता है
तब
गर्म होती कनपटियों में
मौन चीख़ता है

अन्तरात्मा की भयावह चीत्कार
नहीं पहुँचती तुम्हारी आत्मा तक
पर बिजली के तार पर बैठी
एक छोटी चिड़िया
फुर्र से उड़ जाती है

रक्त सम्बन्ध

एक ही माँ के गर्भ से उत्पन्न
हम तीनों भाई बहन
सुख दुःख और मैं
साथ पले
साथ खेले, भागे

छुपे एक ही माँ के पल्लू में
सुख बड़ा था
दुःख छोटा और मैं मँझली

एक दिन माँ विलीन हो गयी बिन कहे
अब संख्या में हम तीन थे
सत्व, रजस, तमस

सुख सुन्दर था पर कमज़ोर
पहले मृत्यु को प्राप्त हुआ
अब तीन से दो
जड़ अजड़
शुभ अशुभ
दुःख अजर, असुन्दर और मज़बूत
अकेला नहीं छोड़ता कभी मुझे
हमेशा साथ रहता
सम्भवतः रहेगा अन्तिम अवसान तक

छोटा भाई है न!
मैं बहन उसकी
संवेदनाओं से भरी

गुज़ारा नहीं उसके बिना
उसके साये में जीती हूँ
चलती हूँ उसकी उँगली पकड़
ख़ुश हूँ
रोती हूँ
बेमौक़े

दुःख की आदत है मुझे
उसकी अनुपस्थिति डराती है
अकेलेपन का बोध कराती है
जीना मुश्किल है उसके बग़ैर

हम साथ रहते हैं
बिना किसी बैर भाव के
सुख तो गुज़र चुका
अब दुःख ही एक है अपना
जिसके साथ हँसती और रोती हूँ
इसलिए
न वह छोड़ेगा मुझे और न मैं उसे
क्योंकि
रक्त सम्बन्ध से बँधे हैं हम

उम्र की उड़ान

बन्द हैं आँखें
स्थिर हैं साँसें
पर
अन्दर शेष है बहुत कुछ
मुँदी आँखों की पुतलियों में एक स्वप्न अभी भी तैर रहा
मन में उम्मीदों की आवाजाही और
धड़कनों की सरगोशियाँ जारी हैं अब तक

सुनो मृत्यु!
आसान नहीं अभी मेरे सफ़र का ख़त्म होना
आँच बाक़ी है राख में दबी अन्तिम चिंगारी सी
प्रखर होना है मुझे पुनः पुनः अपने बुझने से पहले
अपने ही राख से पुनर्जीवित होना है
फ़ीनिक्स की भाँति

सुनो! तुम्हारी प्रतीक्षा व्यर्थ जायेगी
उम्र का तो काम ही है हिसाब रखना क्षणों का
गिनना दिन और साल
करने दो न उसे अपना काम
तुम क्यों व्यर्थ पड़े हो वक़्त के चक्कर में

लौट जाओ ओ मृत्यु!
करने दो मुझे भी मेरा काम

काम शेष है बहुत
समुन्दर से टकराना
पर्वतों को पर फतह करना
आसमान में झूले डालना
लहरों के साथ अठखेलियाँ और
मछलियों के साथ पानी में दौड़ लगाना भी

डर नहीं कि यौवन छूट गया
अफ़सोस नहीं कि अपने छोड़ गये
दुःख नहीं एकाकीपन का
जान बाक़ी है अभी भी मुझमें
लौट जाओ ओ मृत्यु!
इस उम्र में भी
मेरे हौसलों की उड़ान जारी है

रिश्ते

रोज़ सहेजती हूँ
सुलझाती हूँ
रिश्तों के ताने-बाने
कभी खींच कर,
गाँठ जोड़कर,
कभी तुरपाई से
दुरुस्त कर
सिरहाने दबा सो जाती हूँ चैन से
अलसुबह
जाने कैसे
फिर से उलझे मिलते
ये रिश्तों के ताने बाने

फ़ितरत

अज़ीज़ हो मेरे
इसलिए
चुभता है पीछे का वार
फ़िक्रमन्द हूँ इसलिए बोलती हूँ साफ़
सुनो!
ये पीछे की जो सरगोशियाँ हैं न!
उसे चुप्पी नहीं कहते
अगर ये चुप्पी है तो इसमें इतना शोर क्यों है?
और अगर यह सच है तो इतना कमज़ोर क्यों है?

मेरा नश्तर तो दिख जाता है रोज़-ब-रोज़
पर उस नश्तर का क्या
जो दिखता भी नहीं बस वार करता है
एक के बाद एक

शुक्र है ओ ख़ुदा!
मेरी फ़ितरत को रंग बदलना नहीं आया
सच कहते हो तुम ग़लती है मेरी
क्या करती मैं
अपनों की ख़ुशी की चाह ही इतनी थी
कि दुश्मनों के घाव पर मरहम लगाना नहीं भूला
वजह चाहे तुम जितना दे दो

पर अपने को पराया करना नहीं आया
न ही किसी का बुरा करके अच्छा बनना आया

तुम बात करते हो मेरे नस्ल की
तो सुनो
मेरा नस्ल कटु है, निर्भीक है और जुझारू भी
असर है नस्ल का ही
सामने हूँ पीछे नहीं
इल्तज़ा है बस इतनी तुमसे
बनाकर बुरा सबकी नज़रों में मुझे
ख़ुद की नज़र से ही गिर जाओगे
बस बहुत हुआ
बन्द करो अब ये खेल
समझो मेरी चाहतों को
देखो मेरी आदतों को
कि बावजूद इसके
एहसानफ़रामोशी करना मेरी फ़ितरत
में नहीं आया
वक़्त हो तो झाँकना कभी अतीत में
तुम्हारा ज़मीर ही काफ़ी होगा इस गवाही के लिए

चेहरा

अपनों में तलाशती रही
अपना चेहरा
हाथों में ले घूमती रही दर-बदर
अपना चेहरा
हथेलियों पर उगे यादों के घने जंगल
बनाते हैं रास्ता मेरा
जोड़ते हैं क्षण-प्रतिक्षण युगों का इतिहास
पर आकर बिखरा देता सबकुछ
खुरदुरा और विकृत मेरा चेहरा

स्मृतियों से परे
नव-निर्माण के स्वप्न बुनते-बुनते
शिथिल मैं
नानात्व में सम्बन्धों का जामा पहनाती
निरालम्ब मैं
नोचती-खसोटती रही अपना चेहरा
काश! सृजित कर सकती मैं
फिर से एक नया और सुखी चेहरा

विश्वास

पीड़ाएँ जब घनीभूत होती हैं
तब
ज़रूरी नहीं होता हर बार उनका
आँखों से ही बहना
बहती हैं शिराओं में रक्त के साथ
मांसपेशियों में जकड़ जाती हैं
उल्टियों से निकलती हैं अपच होकर पीड़ाएँ
नहीं पच पाते अपनों के दिये गये आरोप
क्योंकि वे सच्चे नहीं होते
समझो इसे
अधपके झूठ
विश्वास की कड़ाही में नहीं पकाये जाते

नया अर्थ

नीम बेहोशी में
तुम्हारा अक्स
अक्सर जीता है मेरे अन्दर
दौड़ता है रक्त बनकर
मेरी धमनियों में
जगते हो मेरी आँखों में नींद बनकर
जब रात के अँधेरे में
छूती है तुम्हारी परछाईं
मेरे लबों को
तब टूटे शब्द
टूटी भावनाएँ
तुमसे मिलकर
एक नया अर्थ रच जाते हैं
जब तुम चाँद-सा मुस्कुराते हो
और मैं सितारे-सी टूट जाती हूँ

गीत

अलग-अलग स्तरों पर जीते हुए
खुद को किसी अलमारी में
रख, भूल गयी थी स्वयं को
वर्षों बाद
तुमने आकर
मुझे छुआ
तो भान हुआ
मेरे वजूद की धड़कनें शेष हैं अभी
आँच बाक़ी है तुम्हारे छुअन की
बहुत दिनों के बाद
नहाते वक़्त
फिर से आज
कोई गीत गुनगुनाने की चाह हुई है

अन्तिम आलाप

छूने की लालसा में
ध्यान मुद्रा में प्रतीक्षित खड़ी मैं
इस चाह में कि पसर जाओगे तुम मेरे देह की सतह पर किसी दिन
थाम लोगे बरसों से सूनी पड़ी मेरी
वंचित बाँहों को अपने घेरे में
और सजा दोगे
मेरे आख़िरी सुर के
अन्तिम आलाप को
अपने असीम मात्राओं वाले छन्द से
फिर विचर सकूँगी मैं निर्द्वन्द्व तुम्हारे संग
घने बादलों के देश में

शपथ

बरसात भरी रात के बाद
पानी से उडबुड करते
नम मिट्टी वाले रास्तों के बीच
गीली दूब पर चलते हुए
सावन की पीली धूप में
मैंने एक विश्वास दिया था
जिसमें कोई शपथ नहीं थी
भविष्य में बँधने या
टूटने की कच्ची योजना भी नहीं थी
उस क्षण
तमाम सम्बन्ध अतीव गहरे हो गये थे
अनायास तुम्हारी अँगुलियों की कोमलता को
अपनी हथेलियों में महसूस करते हुए
पा लिया था
जीवन का नया अर्थ

दुर्लभ शब्द

एक ऐसा अकेला शब्द
जो बन जाता पर्याय मेरे प्रेम का
और लिख जाती मैं कोई कविता
तुम्हारे नाम
महासागर से फैले शब्दकोशों में
मेरा वह अद्भुत शब्द नहीं मिलता
जो समाहित कर सकता मेरे अद्वितीय प्रेम को

असंख्य समर्पित प्रतिज्ञाएँ
जो तितर-बितर पड़ी हैं तकिये के नीचे अब भी
उसे कोई एक नाम मिल जाता
ओ मेरे दुर्लभ शब्द!
अब तो आओ पंख फैलाये
अनन्त और खुले आकाश से
नदियों, गुफाओं, जंगलों और शहरों को लाँघते हुए
समाहित हो जाओ मुझमें
मेरी वर्जनाओं में भी
मेरी सर्जनाओं में भी

मेरी कविता किसी मन्दिर के भग्नावशेष की तरह
तुम्हारी प्रतीक्षा में आतुर
मेरे हृदय में ठिठुरी बैठी रह जायेगी
आँखों के आगे ही मेरा भाग्यक्षण चला जायेगा
और मैं समय की झुर्रियों को गिनती रह जाऊँगी

अबकी सावन

अबकी सावन अबकी सावन
पिया मिलन की आस रे
नयना बरसे, अँखियाँ तरसे
बीत गयो है साल रे
पिया मत लाना
गहना ज़ेवर, चुनरी झुनकी
ना झाँझर की दरकार रे
तुम्हें देख लूँ इस सावन में
एक यही है चाह रे
अबकी सावन अबकी सावन
पिया मिलन की आस रे

कजरा बहके, गजरा महके
बादल संग अँखियाँ भी बरसे
बिजली कड़के, जियरा धड़के
मनवा है बेताब रे
ना भाये मोहे कजरा, गजरा
ना चूड़ी श्रृंगार रे
ना सोहे रिमझिम फुहार अब
सूना लगे संसार रे
गोद भी सूनी, सेज है सूनी
तके हैं अँखियाँ राह रे
अबकी सावन, अबकी सावन
पिया मिलन की आस रे

कारे बदरा तू इस सावन
कर दे ऐसा जादू मन्तर
बिन चिट्ठी, बिन सन्देश
आ जाये पिया मेरे पास रे
आँख खुले तो पिया को देखूँ
सपना हो साकार रे
बरसो ऐसे झूम के सावन
नाच उठे मन प्राण रे
तप्त हृदय को शीतल कर दे
सावन की बरसात रे
अबकी सावन अबकी सावन
पिया मिलन की आस रे

मौन की ध्वनि

भूमध्य सागर के किसी द्वीप के अनजाने छोर पर
सफ़ेद बादलों वाले शहर में
नीले महासागर के किनारे

अन्धकार और प्रकाश के बीच
इतिवृत्त में विचरता अकेलापन
आकाश को गति, हवाओं को गीत और नदियों को विस्तार देता है

मौन की ध्वनि से सन्देश भेज
खोजता है अपने अद्वितीय प्रेम को
नि:शब्द, चुपचाप
और
स्थिर

शाम

एक शाम
तुम थे
मैं थी
बातें थीं फूल-सी
शिकायतें झरते पत्तों-सी
बातें नदारद
शब्द ख़ामोश
शिकायतें मौन
बस हम थे
और शाम थी

कविता

शब्दों की वेदना
भावनाओं की संवेदना में ढलकर
कविता बन जाती है
मेरी कविता तुम में पनाह पाती है
प्यार, दुलार में रचकर
आकाश-सा विस्तार पाती है

पड़ाव

शाम के झुटपुटे अँधेरे में
एक बार तुम्हारे कन्धे पर सिर रख
रोयी थी कभी
कब? ठीक से याद नहीं
न दिन, न महीना, न साल
पर इतना याद है कि उस दिन मेरा हृदय
किसी नवतुरिये-सा धड़का नहीं
न शरीर में कम्पन, न ही घबराहट
हथेलियों में पसीना भी नहीं
बस इतना कि मेरे अधपके बाल तुम्हारे चेहरे को छू रहे थे
और मैं
अधेड़ वीर्यमय देह के इर्दगिर्द
तुम्हारे गन्ध को महसूसती
प्रेम से आच्छादित
अटकी थी द्वन्द्वात्मक घेरे में

सबकुछ बीत जाने के बाद भी
तुम्हारे पाश में दीपशिखा-सी पसरी लौ की अन्तिमा-सी
मैं यात्रा के अन्तिम पड़ाव पर थी
गहराती शाम के साथ
सुस्ताती हुई
आह्लादित मेरी काया
देख रही थी
प्रेम को
बदलते हुए निष्कलुषता में

अक्स

सूखे दरख़्तों पर
टिके यादों के फूलों को
अकस्मात
चंचल बयार ने आकर
बिखरा दिया
रोते-रोते आसमान की बूँदों ने भी
बादलों की ओट से आहिस्ते से मुस्कुरा दिया
धूप छन के आती है यों खिड़कियों से
मानो धूप की नर्म चादर
कोई चुपके से ओढ़ा गया
गरमाये मन में
चुभते यादों के कील
आँखों से बहने को ही थे
कि अकस्मात उसकी परछाईं ने
पास आकर हँसा दिया

प्रेम में

मैं तुमसे प्रेम करती हूँ
और तुम मुझे
एक समन्दर बहता है हमारे बीच
जज़्बातों का

अलग-अलग छोर पर बसते हुए
सम्बन्धों को जीते हैं हम
मिलते नहीं आपस में
बतियाते भी नहीं फ़ोन पर,
फिर भी
तुम मुझसे प्रेम करते हो
और मैं तुम्हें

कोई तकरार नहीं
कोई इकरार नहीं
यादों की मीठी छुअन है
और ताप है आलिंगन का

तुम अपने धुन में
मैं अपने में मगन
तुम मेरे बग़ैर जीते हो
और मैं तुम्हारे बग़ैर
बावजूद इसके
मैं तुमसे प्रेम करती हूँ
और तुम मुझसे

बसन्त के बीज

तुम्हीं हो
हाँ मेरे तुम!
जहाँ मैं अपने को बचा कर रख देती हूँ तुममें
अपनी तमाम परेशानियाँ, लोगों की तोहमतें/हिक़ारतें
और अपने जीवन की ग़लतियाँ भी

यक़ीन से कह सकती हूँ कि वह तुम ही हो
जो हर बार
मेरे हर दु:ख के कैलेंडर की तारीख़ों को हँस कर
मिटा देते हो
और बदल देते हो मेरी पथरीली ज़मीन को नर्म घास और
सफ़ेद मुलायम ख़रगोश में
भर देते हो हथेलियों में बसन्त के बीज
तभी तो मेरे जीवन की सीमाएँ लहलहाती हैं अनगिनत फूलों, नदियों और
लहलहाती फ़सलों से

सूखे पत्ते

एक जज़्बात होता है सूखे पत्तों में भी
सोचा है कभी?
सोचना
सोचना क्यों बिछ जाते हैं क़दमों पर आकर बेसाख़्ता
क्यों लिपट जाते हैं अनजाने ही अंगूठे के पोरों से तुम्हारे
सूने रास्तों पर
जब तुम चलते हो तो क्यों
चल पड़ते हैं वे हमसफ़र बनकर

सोचा है कभी?
सोचना ज़रा
हटाओ तो हटते भी नहीं
चिपकते ही जाते हैं पिंडलियों तक
क्योंकि
पता है उन सूखे पत्तों को
उनकी चरमराहट का वजूद
तुम्हारी आहटों में ज़िन्दा है
क्योंकि
ज़िन्दगी हमेशा हरी नहीं
सूखी भी होती है

तुम्हारे बग़ैर

बहुत सालों बाद
तुम्हारे पास आने की चाहत जागी है
गर आऊँ
तो पहचान लेना
गले लगा पुचकार देना
सोख लेना आँसुओं के हर क़तरे को
स्नेह से तृप्त कर देना मन को
रूठ जाऊँ तो करना मनुहार मेरा
गर झगड़ूँ
समझा देना प्यार से
जब लौटूँ तुम्हारी दुनिया से
दे देना कुछ ख़ुशियाँ उपहार में
बाँहों में बाँध देना ताबीज़ सब्रों वाली
हथेलियों में भर देना मेंहदी अपने नाम की
मुट्ठी में पकड़ा देना कुछ कोंपल उम्मीदों की
और टाँक देना बालों में
हज़ार रंगों वाले फूल
ताकि
अपनी बची हुई बेरंग दुनिया में
लड़ सकूँ बिगड़े हालात से
जी सकूँ सुकून से
तुम्हारे बग़ैर

भीड़

तुम क्या चले गये
जैसे शहर ही चला गया
हाँ! अपने आप में एक शहर थे तुम
समूचा शहर
जिससे मिलकर मैं
भीड़ हो जाती थी
वह भीड़
जो शहर थी
वह शहर
जो भीड़ थी
भीड़ और शहर
अब साथ नहीं रहते

प्रतिध्वनि

तुम्हारा नहीं होना
जैसे उद्देश्यहीन भटकना
स्मृतियों का अर्घ्य देकर थकी मैं
मेरी ध्वनि दूर गहरे अँधेरे में भटककर
लौट आती है मेरे ही पास

मेरा अपना सुख
हथेलियों से उड़ता जाता है
मुलायम कपास-सा
अपने पीछे दौड़ाता
बन जाता विशालकाय बादल
बरस जाता मेरे ही ऊपर छलावा देकर

मैं नहीं छलूँगी तुम्हें किसी
मृगतृष्णा के मानिंद
अब तो आओ मेरी हथेलियों पर ओ मेरे सुख!
मैं प्रवासिनी,
तुम्हारी ध्वनि में घुलकर
लौट आऊँगी पुनः तुम्हारे ही देश
तुम्हारी प्रतिध्वनि बनकर

इति

आज है मेरी इति
या होगी तुम्हारी तरफ़ से पुनरावृत्ति
किस आशा में रहूँ
तुम्हारा गमन होगा या आगमन
अंजुरी भर विश्वास लेकर फिरती हूँ मैं
नहीं पता किसे तलाशती हूँ मैं
क्या पाना चाहती हूँ मैं, नहीं जानती

उद्वेलित मन भागता सपना
मेरी प्रतिछाया
सब मुँह छिपाते हैं मुझमें ही
मेरे प्रश्न अनुत्तरित हैं अभी भी
तुम्हारा उत्तर टँगा है
मेरे बौने शरीर से बहुत दूर

मेरे अटल प्रश्न
उछल-उछल कर तुम्हें छूने के प्रयास में
न जाने कितनी बार मेरी इति बनकर
पुनः तुम्हारी पुनरावृत्ति की प्रतीक्षा में हैं

आँखों का समन्दर

मेरी भावनाएँ
पकड़ में नहीं आतीं आजकल
पहना नहीं पाती शब्दों का जामा
आँसुओं में छुपकर
बह जाती हैं उनके ही साथ
रोकना चाहती हूँ उन्हें

आँखों का समन्दर
किसी ज़िद्दी बच्चे-सा
बहा ले जाता मेरी सारी भावनाएँ
बिखर जाते हैं मेरे सारे शब्द भी
छोड़ कर, मुझे अकेले
यादों के तपे रेत में

सेतुबन्ध

मेरे और उसके बीच के
सम्बन्ध का टुकड़ा
पिघल गया किसी बर्फ़ के समान
छूने पर शेष है सिर्फ़ ठण्डापन
स्पन्दन मृत है, बासी हैं संवेदनाएँ

अब भी यक़ीन नहीं होता कि
इस स्पर्शमात्र के बहाने महसूसती हूँ तुम्हें
अपने अन्दर की ताज़ी संवेदनाओं में

अब मेरे और तुम्हारे बीच के सम्बन्धों में
केवल संवेदना ही सेतुबन्ध है

सूरज का घेरा

सूरज के घेरे में
अन्दर का चाँद
तपता है
पिघलता है
टूटता जाता है पारा-दर-पारा

अखण्डित मन
खण्डित रूप सहेजता
जोड़ता है फिर से
अपना स्वरूप
ताप उतरता है माथे से धीरे-धीरे

चाँद पास आ
होंठों पर मुस्कुराता है
कठिन है
सूरज के घेरे में
मुस्कान की चाँदनी बचाये रखना।

हिसाब

रात के किसी अनजाने पहर में
आँख खुल जाती है
बिस्तर पर पड़े-पड़े
बिखरी यादों को समेटती हूँ मैं
ज़िन्दगी का ख़ालीपन
मुझसे हिसाब माँगती है रात भर
कहाँ मैं टूटी, कहाँ मैं बिखरी
कहाँ मैं जुड़ी, कहाँ फिसली
सुख अँगुली छुड़ा कब निकला अहसास नहीं
दुःख ने चुपके से कब हाथ थामा याद नहीं

सबकुछ मेरा है
पृथ्वी मेरी, आसमान मेरा, हवाएँ मेरी, फूल मेरे,
ज़िन्दगी मेरी
बस तुम नहीं इसमें
फिर क्यों जी रही टुकड़े-टुकड़े मैं
तुम्हारी शून्य सत्ता के साथ
अब
हिसाब बराबर नहीं बैठता ज़िन्दगी का
तुम्हारी सत्ता
अब अजेय नहीं
अज्ञेय हो चली है

प्रायश्चित

खुली आँखों का सपना
बह गया बरसात के पानी की तरह
मन सूना हो गया
सूनी माँग की तरह
रात झड़ती है
बेआवाज़, चुपचाप
सतरंगे पंखों वाला मन
दफ़न है धरती में
विलीन है आकाश में

मेरी चाहत, मेरा उल्लास
मेरी पीड़ा, मेरा उन्माद
पहुँच नहीं पाते तुम्हारे पास
नाउम्मीदी का खारा पानी
आँखों का समन्दर बन
बह जाते हैं गालों पर
होंठों के गुलमोहर
झड़ जाते हैं हाथों पर

ओ मेरे रचयिता!
निमित्त तुम
देय तुम
तीनों काल में समाहित तुम

फिर क्यों माँगते बारम्बार
मुझसे
अपने प्रेम का पारिश्रमिक?
पता तो है तुम्हें कि
मेरे मन के तहख़ाने में
रखा है केवल
मेरा छुपा हुआ प्रायश्चित

अभिशाप

अगर तुम चाहो तो
शनैः शनैः उभरते कोमल भावों को
उनकी सम्पूर्ण कोमलता के साथ
चिरनिद्रा का अभिशाप दे दूँगी
मेरे शुष्क जीवन को फिर से
नहीं भिगो पायेगी कोई
रिमझिमी फुहार
जीने की उष्मा-से गरमाते हुए
इस मन पर चिर नींद का पल्ला डाल दूँगी
कभी सिर नहीं उठायेगी
फिर से
कोई इच्छा, आकांक्षा या उमंग

नि:शब्द

नि:शब्द झरती रात में
ढूँढ़ता है दिल
अपने चाँद को
अपनी खिड़की पर
चाँद बदला-बदला सा है
निस्तेज
धुँधली आँखें
टेढ़ा मुँह
मुस्कुराता भी नहीं
हँसने पर तारे भी नहीं झड़ते अब
पर वह साथ नहीं छोड़ता मेरा
आँख के कोरों में आकर
ठहर जाता है चुपचाप
आँसुओं की चाँदनी बरसाता है
दाग़दार गालों पर...
भिगोता है
सहलाता है
आत्मा को मेरे
थोड़ा-सा रुला कर

विस्तार

तुमसे अलगाव में ही मेरा विस्तार है
मेरा एकान्त
मेरी भीड़ है
जहाँ घिरी रहती हूँ अपने आप में
सवाल भी ख़ुद
और जवाब भी ख़ुद से ही
मेरी दुनिया
मेरे घर के एक कोने में समाहित है
गोलाकार धरती का हर वह चप्पा
जिसमें विचरती हूँ मैं
ख़ामोशी के साथ

वर्षों से बिस्तर के सिरहाने में दबी
अनकही ख़्वाहिशों के बीच
मैं
विस्तारित होती रहती
ठोस से तरल
तरल से गरल
खुरचन-सी बची इस ज़िन्दगी को
न जाने कितनी बार मर कर
इसे मरने से बचाया है

चाह

उठती चाह कि समेट लूँ
धरती आकाश को अपनी बाँहों में
और सहलाऊँ उसे किसी नर्म दूब के मानिंद
या नाप जाऊँ
किसी क्रुद्ध ऋषि-सा
एक ही बार में चारों दिशाएँ
अगर कहो तुम
ओ विराट!
तो द्रुतगामी हो
पहुँच जाऊँ तुम्हारे काल में
और दे दूँ अपनी दुर्गम यात्रा को विराम
तुम्हारी छाया में
सदा के लिए

परिवर्तन

परित्याग
दम्भ का, स्वार्थ का
झूठ का, दर्प का

बहिष्कार
भेद का, भ्रम का
अलगाव का, आत्मश्लाघा का

उत्थान
धर्म का, आत्मशुद्धि का,
आज़ादी भावों की
उड़ान पंखों की

चुनाव
शान्ति का, सुख का
न्याय का, सदाचार का

अन्त
सभी द्विविधाओं का
पीड़ा का

दु:ख का
सन्ताप का

नतमस्तक
ईश्वर के विधान का
प्रदत्त ज्ञान का

शक्ति

विशिष्ट इन्सान बनने की प्रक्रिया में
ज़रूरी है टूटना
अन्दर से 'सबकुछ' टूटेगा
तभी निर्माण होगा 'कुछ' का

डूबोगे आरोह-अवरोह में,
उतराओगे साँसों के लय में
तभी जाग्रत होगी अनुभूति आनन्द की
रस देगी हर बेहतर चीज़
एक होगा मन शरीर
सामंजस्य पनपेगा मानव और प्रकृति के बीच

इस यज्ञ में
जलानी होगी तुम्हें
अपने अन्दर की आग को
तपोगे
तभी
समझोगे शक्ति अन्तर्मन की

नयी दुनिया

चेतन होना ज़रूरी है
जीव का
जड़-अजड़ का
पर-अपर
सबका

जगो
ताकि
मनुष्यता बचे
भाईचारा बचा रहे प्रेम का
जाति रहे जातीयता नहीं
प्रेम रहे घृणा नहीं

जगो
कि जगना है ज़रूरी
पारदर्शिता के लिए
वास्तविकता के लिए
बनावटी और दिखावटी संसार को समझने के लिए

जगोगे
तभी बुन पाओगे धागा प्रेम का
बचा पाओगे रूप धरा का
भरोगे रंग समभाव का

रचोगे
नयी दुनिया, नयी चेतना, सम्भावनाओं की
चेतोगे
तभी साफ़ होगा आईना
भ्रमजाल का

मृत्यु

मृत्यु के दो जहाँ
एक यहाँ दूसरा वहाँ
एक भ्रम में
दूसरा सत्य में
फ़ासला है सिर्फ़ एक साँस का
चली तो लौकिक
रुकी तो अलौकिक

मृत्यु
शिव का प्रतिरूप
सत्य का सन्धान
सुन्दरता का स्वरूप
नतमस्तक हूँ तुम्हारे आगे
ओ असुन्दर सत्य!

वरण करो मेरा
हर लो मेरी सारी द्विविधा और पीड़ा
भर दो हथेलियों में
श्वेत फूल चिरशान्ति के
ले चलो अपने प्रदेश में
जानना है मुझे अज्ञेय को
उसकी ज्ञेयता तक
अनुमान को प्रत्यक्ष तक

मेरी जिज्ञासा और चाह अकारण नहीं
क्योंकि जीना है मुझे
अब तुम्हारे साथ
तुम्हारे ही साँसों की अँगुली थाम

याचना

तुम बनते उत्ताल तरंग
मैं बनती एक सेतु
तुम करते निर्माण समय का
मैं उसे पकड़ने को आतुर

तुम बनते काल अन्वेषक
मैं बनती क्षण अन्वेषिका
तुम संलग्न रहते जिसमें अनन्त काल
मैं क्षण में रच जाती इतिहास

तुम बनो इतिहास सुधारक
मैं बनूँ वर्तमान की रक्षक
तुम नोचो इतिहास की खाल
मैं बचाऊँ वर्तमान की लाज

तुम रहो गन्तव्य के याचक
मैं बनी रहूँ सदैव एक यायावर
तुम चिल्लाते रहो कभी शान्ति, कभी एकता, कभी युद्ध
मुझे बना दो ओ निराकार!
एक अक्षत महाबुद्ध

अनुसन्धान

सुख की परिभाषा
परिवर्तित हो
बैठा है नये परिवेश में
चटाई में लपेट दुःख को
रख दिया कोने में

मन चटकता है नव पल्लव-सा
नव परिभाषा में लिपटा तन
स्मित-बिखेरता सतरंगी किरणों के संग
दरकार नहीं सुख की
दुःख से कोई सरोकार नहीं

बुद्धस्थ मन
भ्रान्ति और द्वन्द्व से दूर
करता है स्वयं
दुःख का निदान
सुख का निर्माण
हर दिन
एक नया अनुसन्धान

ससीमता

एक ठण्डी हवा ने
काले बादलों को चीर
बुलाया मुझे अपने पास
बन्द कमरे की घुटन से दूर
कहा
आओ तुम्हें दिखाऊँ एक दिशा,
दिशा जो तय करेगी मंज़िल आशाओं की
घुटन और एकरस ज़िन्दगी से दूर
पाठ-पढ़ायेगी समरसता का

पर जाऊँ कैसे?
वर्तमान को रौंद, भविष्य पर छलाँग क्योंकर लगाऊँ
मेरा भविष्य वहाँ प्रतीक्षारत नहीं हो तब?
मेरा यह विकट प्रश्न
वर्तमान को छोड़ने की अनुमति नहीं देता

ओ मेरे अपूर्ण वर्तमान!
क्यों नहीं बनते मेरी पूर्णता और प्रकाश पुंज के वाहक
चाहती हूँ रहना तुम्हारे पास
क्योंकि तुम्हारे बग़ैर मेरी कोई गति नहीं
सीमाबद्ध हूँ मैं
पढ़ा दो पाठ असीमता का तुम
मेरी ससीमता को छूकर

उम्मीद

उम्मीद कहती
न छोड़ मेरा हाथ
रख सदैव अपने साथ
रहो स्थिर और शान्त

रुको!
न हो बेसब्र
मत हो व्यग्र
उम्मीद कभी नहीं छोड़ती किसी को मँझधार में
खुले रखती आशाओं के द्वार

रहोगे साथ, जीतोगे हर जंग
इतना रखो विश्वास
उम्मीद न थकती, न हारती, न मरती
सदैव रहती तुम्हारे पास

गर्भमणि

देखा था तब
जब
तुम्हारी आँखों में
निर्जीव उदासी थी
सागर सी गहराई थी
पर पानी न था
तुम्हारी परछाईं तुमसे अलग थी
मेरी परछाईं भी तुमसे विलग थी
तुम अँधेरे में गुम
मैं उजाले में गुम

तुम फाहे के समान उड़ रहे थे बेवजह
समेटने की जुगत में भटकती मैं
आँचल फैलाये बियावान में
तुम्हें पकड़ने की लम्बी दौड़ में
गिरती, पड़ती
सिसकती मेरी पीड़ा
हार कर मुँह छुपा लेती

तुम अपने अस्तित्व से भागने की होड़ में
अपने को छुपाने की टोह में
रात को तलाशते रहे

और मैंने
गर्भमणि की तलाश में
दिन के उजाले में
रात को ढूँढ़ते-ढूँढ़ते
नाभि पर खिले ब्रह्म कमल-सा
अनायास तुम्हें पा लिया था

साँसे

शरीर का अकेला होना
सुख है
मन का अकेला होना
दुःख
शरीर जी लेता है अकेले
पर
अकेला मन
तोड़ देती है
साँसें

अकेलापन

ज़रूरी है अकेला होना
कभी-कभी
भीतर का 'मैं'
अहम् से टूटकर, चुपचाप आता है तुम्हारे पास
एक आत्मीय दोस्त बनकर
समझाता है, ईमानदारी का गुर सत्य की शक्ति
और थमा देता है जीवन जीने का सूत्र

तुम्हारा अकेलापन
सिद्धियों का सामर्थ्य देगा
रिद्धियों का वरदान भी
दुखों का निदान भी

रहो अकेला
पहचानो स्वयं को
'अप्प दीपो भव' की सार्थकता में
फिर से बनना होगा तुम्हें नवजात शिशु-सा
निर्मल-निष्कलंक

सृष्टि

1

विशाल उत्तुंग शिखर पर
न अन्धकार, न प्रकाश
न पानी, न आग
विराजमान
सिर्फ़ तुम
मेरे आराध्य!

2

हिमखण्ड से घिरी
अग्नि-सी जलती
मृत्यु पाश में बँधी
जीवन के गीत लिखती
मैं प्रकृति!

3

मैं भोग्या!
गर्भ में सृष्टि की बीज लिये
उत्पत्ति की लालसा में
पंचभूत से लिपटी
ब्रह्माण्ड में विचरती
तुम्हें खोजती
ओ भोक्ता
मेरे पुरुष!

❑❑